詩集

わかれあう

諸井朗

第一部　記述詩篇

第二部　三行詩篇

第一部　記述詩篇

〈目次〉

Ⅰ　くらう

正　餐

大量の大根おろし
その上からサバ節
その上から瓶の醤油
アルミのお玉で
麦飯の上にざぶざぶ
噛む間もなく飲み下す
はよ喰え早うせにゃ
飯もすり大根ものうなる

風土失調

風と土の間に
人の営みがあるなら
この町に風土はない
金と資材と人口の集積
平和一丁目新松原二丁目
競技場と駐車場
モールと葬祭場
埋め殺しの渚と田畑
かさぶたの下に海
木々はテレビの中
かげろうひとのかげ

ほとんど飲食物

しゃうだーえせん　ごごこーちゃ
ぐみごーやー　ぐろたぬき
けくれるぶらんまんじぇ
ほねぽっきー　かるかーる
とらんすふぁっと　じーえむおー
酢ちれん物ま　めらめらみん
デキストロンチウム
いちころきのこのこ
はかってますよ　3秒で百べく以下に

イカスミ色の写真

物入れの重い引き戸の
後ろに忍び込むと
世界と自分が消える
ため息の休らう水底
九歳で死んだその子に
私が遷移したらしい
どこでまちがったのか
ぐろん酸かウロノミンか
辛酸都市か有機水銀か
ベンリーか利子かショーヨか

うめみ

うめのはなのめ
うめのめのはな

うめのめはみ
うみのみはめ

めはみみはめ
みはめめはみ

めのほし
ほしのめ

うめほし
ほしそら
みめうめみ

新生物

手放し続ける
当事者でなくなること
私は知空人である
生物体として遺伝子レベルに至るまで宿主は、
完全に保存されています。正確ではないが、
ハードはそのままソフトだけ入れ替えたとも言える。
しかしあなた方が人格とか呼んでいる意味で別人か、
というとそうでもない。すべての体験知は、
保持されているし、認知レベルでは、
以前と同じ仕組みですから。しかしすかすか。
粒子線が打ち抜いていった、ちくわ人間。

Ⅱ 挿絵

うなされる

おれはポパイが見たかった
おやじは巨人が見たかった
おれはポパイに入れた
おやじは巨人に回した
おれはポパイに回した
おやじは巨人に回した
おれはポパイに回した

窓の外に投げ出された
足もとに雪があった

勝手口から戻ると

母親がもだえていた
聞こえない声だった
押し入れにもぐって諦めた
ぎろぎろ諦めた

カインとアベル

おやじのおふくろが死んだ
葬式の日、弟がチャリをやった
離れで寝ていると
おやじが現れて弟を
何度も何度も
平手で打ち回った
聞き取れない口上だった
弟はすみませんと他人行儀だった
涙と鼻汁がべとべとだった
おれはカインかアベルか
分からなかった

ダバイ

夜中におやじが大声を出した
なにか分からないことをわめく
学生になってロシア語だと気づいた
からだじゅうがかゆうなると
隣の奴が冷とうなって虫が来る
冬は地面も掘れんからの
春の雑草で血便下痢じゃ
作業で骨折ならぬくい病院
肺病はそのまま死ぬ
腹の中にアメーバ赤痢
胸の中に石灰栓

三歳の思い出

朝の光が北の窓から入る
部屋に父親が立っている
母親がひざまずきながら
何かを言って泣いている
記念写真のように眺めた

啓示

子どもたちが入り乱れて走り回る
わらわらと木に登る年かさの子たち
木のようにやせた子は見上げるだけ
まさに勇気の子が細い幹に昇り立つ
その女の子がつばをはくと当たった
口の中がなまぬるくあまくなる
木のような子は呆然と空を見た

小さい秋

敗戦がはじまりだった
親の仕事につれて動いた
お互い何度かすれちがった
伯母達の品定めに苦しんだ
Kは自死
Tは事故死
Hは病死
Yは施設収容
いとこも少なくなった

Ⅲ　公共詩

ベクロック

ウソみたいにもれる放射能
放射能みたいにたれ流しのウソ
制御不能でアンダーコントロール
ほんとうのことは過剰制御
うそだろそんなべくれる曝露
光が見えて煙が極めて急激に上昇する事象
核爆発と言ってはいけないべくれる曝露

御用社員御用学者御用国民
御用業者御用大学御用政府
誤用身体誤用精神誤用御用

ヘッドロック　ベクロック　べくれるばくろ
ヘッドロック　ベクロック　イヌアッチケー　(rif. ad lib.)

鳥の歌　（入沢氏と田村氏に）

鳥が落ちてくる空があった、むかし
空の高さは嘆きの深さだった。

（「ほら狂った、あ、また狂った」）

鳥は目を開けて横たわり、
青と黄色の羽ははりつけ。

（「ほら狂った、あ、また狂った」）

笑う人には来ない放射能、
死は黒い口を開けて笑う。

（「ほら狂った、あ、また狂った」）

青と黄色のはりつけ、
鳥は解かれて、
高さのない空に嘆きはない。

ほら狂った、あ、また狂った

昭和レトロ（青少年歌謡《フォークソング》風に）

あの日　田んぼに水路に
赤い旗が立った　パラチオーン
メダカもカエルも　ぷかぷか浮いた
日雇いのおっさん　寝込んでしもた
ぞうさんぞうさん　バラ色の粉薬
パラチオーン　ミスッチオン　ボリドール

あの日　みせ屋の戸棚に
真っ赤な舐め紙　サッカリーン　Saccharin
舌が真っ赤　歯も真っ赤　脳も真っ赤
チックロー　赤色ろくごう　ピーシービー
キッチンラーメン　くさい油が香ります

胸がキュンと焼けます　ほんとにレトロ
チッソすいぎん　ヒソミルク　ほんにレトロや

彼らは雨に何をしたのか（ＪＢに）

おとろしや　たたりめか
あんた　しっとったぁ
雨に濡れるとはげるんと
雨に濡れると死ぬんやと
なにゆうとるか　そんなん
シベリア帰りに効くか
気合が足りんのじゃ

柔らかい雨の中にあの子は立っていた
草は空に向かって伸びようとしていた
雨は降り続き草はそよ風に揺れた
雨にぬれる草の上にあの子はいない

おまえ達は何をしてきたのかと風が問う
ああわしらなんちゅうことをしてしもうたんや

風に吹かれて（ＢＤさんその他さん江）

風に吹かれて舞うポロニウム
風に吹かれて舞うマダムキュリー
豊葦原に風が立てば　ロバートよ
黒い三つ葉の花びらが舞う

風に吹かれて舞うアメリシウム
風に吹かれて　お出かけですか
ジマーマンさん　雨やみませんね
千万のグレイの濃淡　降りますね

風に吹かれて三つ葉の花びらが舞う
止まらない涙のように雨が落ちる

見えない煙が目にしみる　風に吹かれて

（コーダ）
朝早い　雨に　濡れて
ひとり　行く当てなし
ポッケにゴミ　胸に痛み

無限フーガの日々

路上で突然ひとが倒れて痙攣する
あ　それパス　それスルー
また乗客が泡吹いて電車が遅れる
あ　それパス　それスルー
なぜか蕁麻疹がひどくなる
あ　それパス　それスルー
洗面器いっぱい鼻血が出る
あ　それパス　それスルー
教室の床に子どもたちがうずくまる
あ　それパス　それスルー

あそれパスそれスルー　あそれパスそれスルー

あそれパスそれスルー　あそれパスそれスルー（ad lib.）

わっ、なに、この人息していない

えりーとのうた

ぼくはえらいんだぞ　おとーさんがえらいんだから
ぼくはえらいんだぞ　おじーさんがえらいんだから
ぼくはえらいんだぞ　ママがそういったんだから
ぼくはえらいんだぞ　べんきょうができるんだから
ぼくはえらいんだぞ　そうじもすいじもひとがやる
ぼくはえらいんだぞ　げんしりょく工学なんだから
ぼくはえらいんだぞ　うるさい仕事は部下がやる
ぼくはえらいんだぞ　いっぽんをとれもろすんだから
ぼくはえらいんだぞ　じょせーは活用しなくちゃ
ぼくはえらいんだぞ　ぼくがきめるんだい
マンガじゃないんだぞ　アルファ・ベータ・ガンマ

重い元素　軽い幻想

軽い元素　重い幻想

Ⅳ　自然史からとおく

地球の歌

地球はちっちゃな星です　地球の海に
ちっちゃなちっちゃな星屑が落ちると
千メートルの高さの　津波が押し寄せます

地球はちっちゃな星です　たまに寒気がすると
地球の上がぜんぶ　氷におおわれます
何百万年も何千万年も　冷凍地球

地球はちっちゃな星です　たまに熱を出すと
シベリアの半分くらいが　マグマの海です
ガスガスしい高温蒸気で　生き物は死にます

くしゃみをすると地面がぶこっとゆれます
海も盛り上がるけど百メータくらいまでです
想定外って　何を想定したのかなあ

地球にやさしくしようって？
へえ　だれが　だれに　ですか？

除菌の歌

にっくきバイキンサイキンどもめ
そこになおれ　ぷしゅー
じょきんじょきん　ああすっきり
なんて　なんて無知なんだ
きみのカラダには六十兆の細胞がある
きみのカラダには千兆のばい菌がすんでいる
脳にもね、腸の中だけで何百兆もいるんだ
その連中がいないとウンチもほっこりしない
栄養もとれない　毒が消せない　いや
食べ物が毒になる
じょきんじょきんしていくと　最後は
きみ自身を　ジョキーン　することになる

バイキンマンはほかの仲間といっしょに
きみを守っているのさ

創造主のなげき（アリア）

失敗だ　サピエンス計画
見てくれこの様を

命を一粒一粒　海に育て岩に埋め
大部分は地の奥深くに住まわせた
その上にありとあらゆる
姿形の生き物の種を置き
そうしておいて　時間の器の中で
伸び続ける枝々の最後の一つに
わりと姿のいいやつが来る

私の創造物全体を理解し守り

この惑星に与えた私の意図を
その知恵の技で祝い完成させる

はずだった　それが奴らは今や
この惑星を　その生き物全部を
自分たちの勝手になる資源だという

命のもとになる仕組みに手を出し
物のもともとを壊して火にする
そのあげくが取り返しのつかないワザワイ

私の作品がぶちこわしだ
私の知性を分与したのに　失敗だった

なにが悪かったのか　コトバか　いや
およそ知性に不具合があったか
知性を統べる知恵に不足があったか

おとこおんなに分けたことか
おとこが一本足りないことは
たしかに　気がかりではあった

ここは終わりだ　別の存在系で
はじめからやり直し　やれやれ
第七の天へ第七の天へ　業務連絡です

公　案

その一
じねんとしぜんはこれいかに
その二
じねんなしぜん　とはこれいかに
しぜんなじねん　とはこれいかに
その三
この石はしぜんか
しぜんは見ることができるか
しぜんはあるのか

山薬自然薯悉皆方便

ひとのあゆみ

ああ　なあ　あま　あま
あは　にあ　あま　うま
あか　にあ　あむ　うま
あく　ねあ　うむ　うま
あくあ　ねあ　うも　うま
あけな　ねお　うも　うま
あけた　ねお　うも　うま
あけた　ねの　うも　うまうま
やけた　ねの　いも　うまい

しすてむ（ノリト風に）

しすてむ　にえらー　なし
すてむに　えらーな　しす
てむにえ　らーなし　すて
むにえら　ーなしす　てむ
にえらー　なしすて　むに
えらーな　しすてむ　にえ
らーなし　すてむに　えら
ーなしす　てむにえ　らー
なしすて　むにえら　ーな
しすてむ　にえらー　なし
しすて　むにえ　らーな　しす　てむ　にえ　らー　（アドリブ）

野菜のスケルツォ

わたしはなすのかたちのことばです
ぼくはきゅうりのすがたのことばです
わしゃぴーまんいいよるがことばじゃね
あたしほうれんそうだそうですがことばです
おらあきゃべつだ　みんなぶってんじゃねえよ
ことばじゃねえ　ごーせーかがくぶっしつ満点だ

適地適期を無視して　大きさを揃え曲がらず傷なし
なんてあなた　合成農薬化学肥料なしには無理です
散布を大幅に減らしました　三十二回から二十三回に
遺伝子組換えですが直ちに健康に影響するとは言えない
セシウムは計ってますがストロンチウムは分からない

黒い粒一つで一等格落ちの稲にあびせるネオニコ剤

害虫いうのはおらんのよ
虫は元気のない葉にくるんや
元気のない葉は元気のない土から
元気なんには虫がほとんどおらん
虫が教えてくれるんや　土のことをな
この茂みはおどろやけど　みな野菜ぞな

V 鼻くそほりの哲学

私は私は書くと書く（入沢氏の主題による変奏）

わしは　私は書く　とかく
おれは　わしは私は書くとかく　と読む
ぼくは　おれは　わしは私は書くとかく　と読む　と書く
ぼくはおれでわしは私　かね
読むぼくはあなたではない　のかな
だれかにむかって書いてる　のかな
じゃあなたはぼくでおれでわしで私　かね

私は考えるから私はある　私は考える私である
へー　そーですか
ある種の日本語で考えるんですね
その日本語どこでおぼえましたか

むかしからまわりにあった　なるほど
で　おたくは　ぼくでおれでわしで私のどれですか
え　自分はおたくではない
じゃ　あなたでおまえできさまでそちらさま　ですか

うちは考える　やけん　うちはおる
うちが考える　やけん　うちがおる
あてら考えるき　あてらがおるがです
考えゆうときは　ほらわあわあ言うわえ
口から先に考えゆうがよ　頭より

あぶないあぶない　ものいうまえに
十手先を考えて慎重に　考える私
で　つぶしていれば　無視される
うちであてらでおれでわしで　わたしはだれですか

ねのもとに

制服はきゅうくつだし
駅前留学もわすれよう
ついでに大学で習ったことも
会社のごたくさも全部
カラオケの新譜もスマホも
朝ドラもマクドも
別にないからってどうでも
どうせ全部消費財生産品

からの手の中になにが残るだろう
いや　からの頭の中になにがある
だから　頭をからにして

なにかが聞こえるまで耳をすまそう
耐えられるなら

自分のなかに住みついていないことに
耐えられるかな
お仕着せ映像お仕着せ音響
お仕着せ欲求お仕着せフレーズ
君は自分の中に居場所があるのか
君の中はひとのものでいっぱいだ

からの手の中になにがある
頭のなかにきざす光はないか
気づきの言葉は聞き手を待っている
聞き手は君のことばを待っている

君のありようのねのもとに
おいたつことば

詩篇の記述（大喜利）

くらうべき正餐とは　この風土失調の国で
ほとんど飲食物ではない　幼年の新生物mememi
ベクロック鳥の歌は公共に死す昭和のレトロ
しかばねの上に何も決められなかった時代の

彼らは雨に何をしたのか　金気くさい風に吹かれて
無限遁走の日々を同一性の牢獄で　歯をむいて
仰向くエリートのうたが自然史からとおく響く
（たった千年の地球の海のうたたね）

テレビに除菌ソング　創造主の嘆きとも
犬の公案とも鳴る　ヒトの歩みから沸き起こる

野菜のスケルツォ魚のかっぽれは消え
肉肉しげにシステムが行進する　されば

鼻くそほりを哲学者にまかせよう　で
私は私は書くと書く　とかく　かきむしる
掻きむしりおらびまくり　答えをさがして
我らを結びつける　ひとつねのもとに　地団駄踏む

使用上の注意

一、この虚構テクストとその要素は現実の
　人物団体物質と左の条件下でのみ関連する。
一、テクストの構成要素はテクスト全体の
　コンテクストによってのみ意味付与される。
一、右の注意に違反して発生する認知上の
　自己については如何なる責任をも負わない。

第二部　三行詩篇

〈目次〉

三行詩篇　「風の姿」

一・名にし負う

浦　　学匠の言う　海が尽きて浦　海が元

うらうら　　原が山に尽きてもうら

日の浦　　元は海から来た

とぺっ（当別）　　また言う　とは海ぺっは川

むろ　と　　むろ不明と海

と　さ　　さ広がる地　縄文語か

うばがもり　　山姥は童子と棲む

ちいがもり　　姥ヶ沢チイが沢とも

たかばが森　　高うばがもり

久米
くまい
古味

ひない
そっぴない
穴内

ささざわ
さぞう
くろさわ?

もとはいずこやら
稲のいたる道か
谷筋こそあらきの始め

ひは石ないは川
そは滝
なんの川か

さわ東に多く西にては谷なり
くたびれたにより飲むぞ
くろぞう　縄文語か

のれそれ
どろめ
どぅーろん

いげる
いさちる
神母（いげ）さま

よど
にょど
おおよど

これは結構な名前
御酒がすすむの
同義のタガログ語じゃ

ほなまた
ぐびぐび

ががら
かがみ
かむかみ

かじがもり
とうのまる
まるもりやま

おそ
うそおった
遅越（おそごえ）

韮生う野
瓜生う野
おおお（大尾）

船戸
くなと
みちの神

いよ　うわ
とさ　はた
石つチ巳つチ

ほおかむり
おかべのろくやた
きらずでこい

ひがしやま
リューキューのムタ
四方の竹

ミラをささげ
ございしょ山
野の二人

二・人こと世こと

事の端
言の葉
てには

風と地の
まあいに
たはむれ

ひのひかり
にほんばれ
また銀の夢

鶴か亀か
翁か司か
いや　ど久礼

わがみち
いちがい
まあのもう

かけかけ
ばつばつ
あべやめ

ぬしゃあ
おんしゃあ
まあのもう

だんだん　どんどん
どんなんか
おんだんか

ようちょれよ　ようちょれよ
土佐のお客で　仕上げて残（ざん）に
南天ハランの　夜明けなり

ぜよ
げに
ほにゃ

土佐の酒は
まつやまみい（松山三井）
シャレドネぞね

屋敷やしきに
かばね類々《ママ》
ひとはかみのにえ

おしあってかまかな
いわぬなにがごう
まっことのおがえい

てにてがう
庭にしゃも二羽
はにはくそ

桂浜に波は
脱藩ーん
ソレニツケテモ酒ノ欲シサヨ

三・耳の景色

せみかみはさみ
むしのいし　にしにし
いん　いんめつ

かんかんのんのん
間・語幹・語
あら・えささ

よこむく
よっくもっく
おぐおぐ

やもりのもり
いもりのいも
ぺたぺた　てらてら

くもさくそら
はなわくやま
うみにさかる

なつのおわり
からかねの
うたびと　かえらず

ちゅうちゅうやぁ
しちゅうや　ごま
どんてん

あげたまご
みそらのおなか
ささくくれれつ

あたまどたま
たぬきのきんたま
ごぼーてん

びるびるびぃる
ぴるぴるたぱ
あひーじょ

ひろやすひろうす
きねきねくち
まぞとりんじゅう

きおくのなか
ばってんためして
うめごろし

いわしぐも
そらにじゅうじゅう
ぶしゅかん

みに
まに
せむ

い
か
た

いたか
たかい
かいた

おおともよ　このうた　ないん
しまつして　けりだせ　べっちょ
ばれたるからにはいかしちゃおけぬ

郵便やさん
陰陽五行
腹上死

はなくそは意思
みみくそは快楽
めくそは情けなや

みたかきいたか
つまにけられて
ぜんこうじ

りりり、りり
ちちろちちろ
、じぢじ、じ

なくなった
ものの名で
ときがめぐる

逝きし世の
としを
かぞえる

こうかいくう
くうかいこうち
風のいう

四・眼の供養

ぱせり
とまと
とかげ

竹のといに
山水は走り
逃げる素麺はや

時が止まる
夏の真昼
川に沈むモモ

沖から雲が
頭の上に
ビー玉降り

どろめの眼
百に二百で
俺を見ている

八月にモズが鳴く
水鳥が渡り来る
なにかが見えない

山道をあえぎ行く
木に草に石に空に
名が失せ眼が歩く

ブラインドのへら板を回す
こちから見えぬのか
あちから見えぬのか

拓三くんが長男
二人どこかで
なくしたのか

ようかんと茶
めがねと胃薬
卓に置き去る

闇を落ちる
どしんと
目がさめる

漬かるかどうか
胡瓜の身のなかの
すきとおる種まで

川で桃を
街でモモを
さるまっこう

空が山際まで青い
空の下に森がある
北山　みなみ黒潮

立ち昇る煙の下に産廃
ともだち特区にそんたく
うつくしい私物にっぽん

本日ご葬儀
故　田亀　源五郎　様
故　目高　多那子　様

目の中で
糸くずが泳ぐ
ほたるが飛ぶ

星くずはぜ
鬼火ただよう
めのなかを

三行詩篇「多少の縁」

一・展覧会の絵

ツクツクリキシャ
ほねタイヤゆがみ
ぽよぽよんと行く

一面の
白菊となる
岩絵の具

かくてもあるか
あわだちそうの
絵にて咲く

風の簑みの虫むし
ぷるるぽろろ震え
でんぱでんぱ赤い

くさくう　くうくさ
くもるも　もくもく
眼ぐらい　描いてね

ファンタスチックな色
ドラスチックな設定
プラスチックなできもの

かびん　んびか　（朗読時は反転部を「かびん」とする）

りんご　ごんり　（同「りんご」とする）

されこうべ　べうこれさ　（同「されこうべ」とする）

静かな生活
戸口の外に光
神の怒りの火

墨色の岩山の
下に女人二人
胎盤を踏んで

二・ラプソディ

くちぶえ
蛇が来る夜
のつごの声

ほたる泣く
奥山ならば
のつごも泣け

のつごのつご
やまはさむい
谷にこい

水やろう
乳やろう
名をつけよう

後ろの正面
わしじゃ
行くぞ

はじめのない
おはなしの
おわらない

つくつく　法師
なにがつく
犬猫かえる

とーても
とーてむな
しすてむ

草笛、蛇が行く
草むらのうねり
風の道

三・いっかげん

正論不備
反論なければ
合意なし

ごますかす
あなすほうる
のけぞりバンカ　はは

おれじゃない
おまえか
だれですか先生

天の神様　地の神様
我らと我らの孫子を
放射能より守り給え

電力に必要な原発
虐殺に必要な毒ガス
必要は詭弁の母

天地の神よ　金のため
故郷を破壊する者どもに
厳しい裁きを与え給え

天地の神よ　念のため
我らのところは　そっと
試みに遭わさないで賜え

知ろうとしない
かんがえない
さきのばし

書き割りの国
乗せたまま沈む
4枚のプレート

三行詩篇　「半とけアイス」

あんなもの喰って
よくここまで来た
先は見えた　骨の

ねえなにしたい
見にゃねえしたい
げんそ見えねえ

笑う人には来ませんよ
ふつうに弱って
ふつうにいけます

じらじらじら
何かがこげる
肺で　脳で

君をまって
はな水すする
半とけアイス

わしもじきじゃが
逆縁は
えずいぞね

空気を読むとめくれる
水を飲むとべくれる
別に何もおこりません

独占利権と核武装に原発
兵士に慰安所　虐殺に毒ガス
論拠たり得ない必要

風が吹く
雨が降る
穴だらけの私

空気を読んで人に合わせて
自分は攻撃されないように
なんて個人主義的なんだ

体は水と区別せずに取り込む
組織の中に入ってベータ崩壊
命の土台を壊す　トリチウム

飯喰うて
直ちにどうと
なるでなし

結婚しないゲームする
あいぱっどで繋がって
親が生きてるうちはね

器官における分子レベルでの変異
微細生態系の破壊と脳腸軸の変調
こんな人たち　あいつらニッポン

白昼別人で目覚める
顔無しの雑踏でそっと
気を消し目鼻をさがす

一本をとれもろす
おれは二本だから　ま、
しんちゃん三国人ってだれ

やもりの衣装の正義人
単車を乗り回す小学生
夕日国は今もたそがれ

こどもたちよ許せ　もう魚は食えない
こどもたちよ許せ　もう米は食えない
みな汚してしまった　水も土も空気も

掃除機をかける
水に沈んだ
家の中で

道路端に
ころがる靴
どこの子の

靴か置き去り道の端

風が吹くと
テレビがはしゃぐ
だれもいない街で

風が吹いて
テレビはだまる
そして皆いなくなる

暮れる道を
夢遊の人
　され歩く　　夢遊の人よ道の暮れ

闇に浮く
ハスの花を
　たてまつる　　蓮の花びら闇に浮く

ごめん待ったぁ
アイス半とけ
でもあえた

終歌

のろううめくもだす
かたるだまるだます
おもううたういのる

実演用変奏例

ノロウメクモダス
カタルダマルダマス
オモウタイノル

演出例

低音・遅く引きずる　音高変化徐々に
中音・日常発話風に　音高変化階段状に
高音・歌唱風に　メロディアスに
ad lib.

のろう　うめく

かたる　おもう　だまる　もだす　だます

うたう　いのる

あとがき

本詩集は二〇一一年以降の作品を収録した。未定稿の数篇は非公開の実演の形で提示され、一部は俳誌『梨花』に掲載された。

第二部の三行詩篇は、伝承と新規、二つの定型感覚の緊張から生まれた。少数ではあれ、両者の相互転換への実験も提示できたと考える。本作品の成立につき、伝統的定型の匠である山本呆斎氏（「梨花」主宰）の下で、多くの、門外漢には得がたい示唆を得た。ここに記して感謝する。

詩集　わかれあう

著　者　諸井　朗

発行日　二〇一八年二月一日

発行所　(株)南の風社
〒七八〇-八〇四〇
高知市神田東赤坂二六〇七-七二
TEL 〇八八-八三四-一四八八
FAX 〇八八-八三四-五七八三
E-mail edit@minaminokaze.co.jp
https://www.minaminokaze.co.jp

編　集　ひなた編集室　くにみつゆかり

デザイン　片岡秀紀